The
SNOW LION

雪獅

獻給 凱倫和妮娜 ── JH

獻給 費比和凱蒂 ── RJ

繪本 0214

雪獅 The SNOW LION

作者｜吉姆‧黑爾摩　繪者｜理查德‧瓊斯　譯者｜游珮芸

責任編輯｜陳毓書　美術設計｜林子晴　行銷企劃｜高盈萱
天下雜誌群創辦人｜殷允芃　董事長兼執行長｜何琦瑜
兒童產品事業群

副總經理｜林彥傑　總編輯｜林欣靜　主編｜陳毓書　版權主任｜何晨瑋、黃微真

出版者｜親子天下股份有限公司　地址｜台北市 104 建國北路一段 96 號 4 樓
電話｜（02）2509-2800　傳真｜（02）2509-2462　網址｜www.parenting.com.tw
讀者服務專線｜（02）2662-0332　週一～週五：09:00~17:30
讀者服務傳真｜（02）2662-6048　客服信箱｜parenting@cw.com.tw

法律顧問｜台英國際商務法律事務所‧羅明通律師
製版印刷｜中原造像股份有限公司
總經銷｜大和圖書有限公司　電話：（02）8990-2588

出版日期｜2018 年 4 月第一版第一次印行
　　　　　2023 年 1 月第一版第五次印行
定價｜300 元　書號｜BKKP0214P　ISBN｜978-957- 9095-11- 2（精裝）

訂購服務 ─────
親子天下 Shopping｜shopping.parenting.com.tw
海外‧大量訂購｜parenting@cw.com.tw
書香花園｜台北市建國北路二段 6 巷 11 號　電話（02）2506-1635
劃撥帳號｜50331356　親子天下股份有限公司

立即購買 >

The
SNOW LION
雪獅

文 吉姆‧黑爾摩　　圖 理查德‧瓊斯　　譯 游珮芸

卡蘿和她的媽媽
搬到小山丘上的新房子。

新房子的牆是白色的、 天花板是白色的，

甚至連門都是白色的。

房子裡，有很多地方可以探險，
但卡蘿希望有人可以陪她一起玩。

有一天，卡蘿聽到了一個奇怪的聲音。

低沉又溫柔的說：

「要不要來玩捉迷藏？」

卡蘿轉身一看。

一隻獅子站在那裡，像雪一樣白。
「你是從哪裡來的？」卡蘿問。

「哦，這裡和那裡啊。」
獅子答。

獅子斜倚在白色的牆上，就消失了。
牆壁朝著卡蘿眨了眨眼，卡蘿笑了。

他們玩捉迷藏……

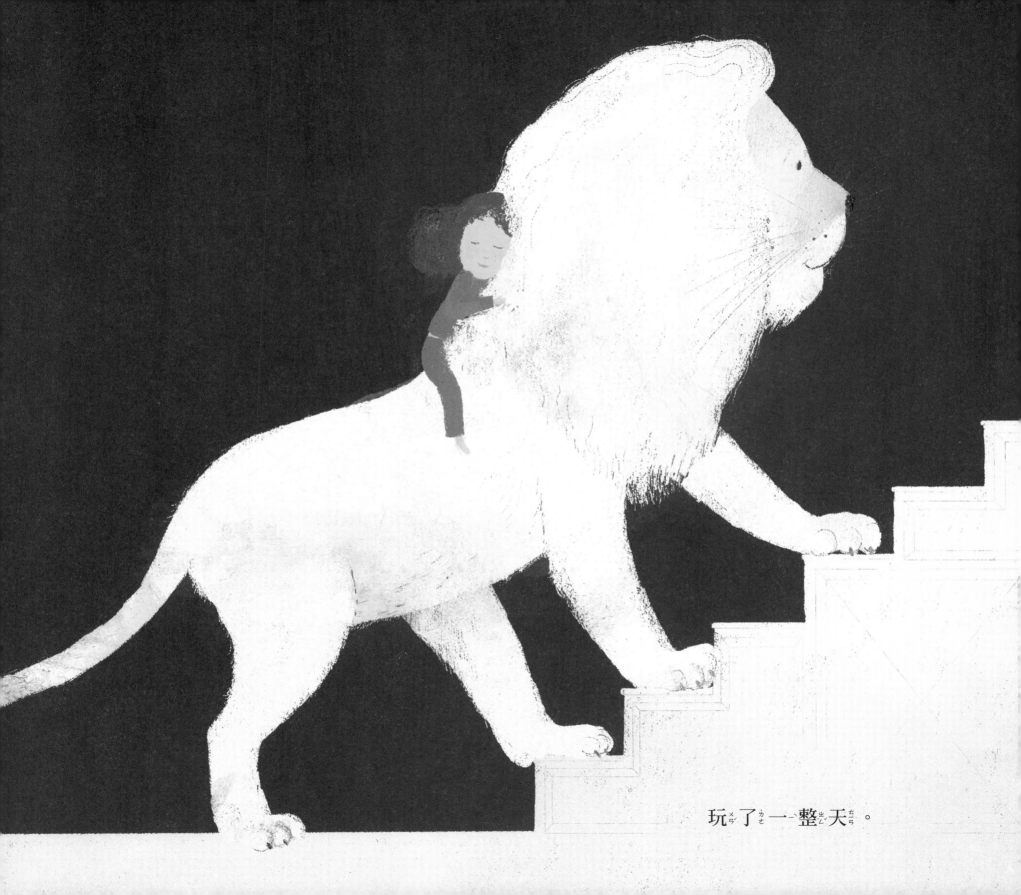

玩ㄨㄢˊ了ㄌㄜ˙一ㄧˋ整ㄓㄥˇ天ㄊㄧㄢ。

隔天早上，卡蘿和獅子看見
窗外有兩個男孩。
他們五彩繽紛的風箏飛來飛去。

其中一個男孩向卡蘿揮手，但卡蘿害羞的看別的地方。

「我們再來玩吧！」卡蘿說。

一整個星期，獅子和卡蘿都在家裡
爬上、溜下的。

他們比賽跑步，

互相追來追去。

有一天，獅子看起來像在想事情。

獅子問：「妳去過公園溜滑梯嗎？」

「我喜歡跟你一起玩，」卡蘿說。

「我會在這裡等妳回來。」
獅子回答。

於是，卡蘿去了公園。

當她到公園的時候，她看見
那天向她揮手的男孩。
男孩叫做巴比，他跟獅子溜得一樣好。

「你追不到我！」巴比笑著說。

不過，現在卡蘿非常會追人。

「溜滑梯好玩嗎?」那天晚上, 獅子問道。

「很好玩!」卡蘿微笑著說:「但我還是比較想跟你玩。」

隔天，巴比問卡蘿要不要和他的朋友一起玩。

「試試看嘛，」獅子說。

「可是我又不認識他們，」卡蘿小聲的說。

「妳會玩得很開心的，而且你認識巴比啊。」
獅子說。

於是，卡蘿去了巴比的家。
他們建造了一個海盜太空船廚房。

在抵達月球之後，他們把寶藏埋起來，
然後吃了很多巧克力蛋糕。

隔天早上，卡蘿的媽媽說：「我想是時候，
為這個房子塗些顏色了，妳覺得呢？」

「我喜歡它白色的樣子。」卡蘿沒把握的說。

就在這時候，門鈴響了。

卡ㄎㄚˇ蘿ㄌㄨㄛˊ的ㄉㄜ媽ㄇㄚ媽ㄇㄚ已ㄧˇ經ㄐㄧㄥ邀ㄧㄠ請ㄑㄧㄥˇ了ㄌㄜ卡ㄎㄚˇ蘿ㄌㄨㄛˊ的ㄉㄜ新ㄒㄧㄣ朋ㄆㄥˊ友ㄧㄡˇ們ㄇㄣ， 來ㄌㄞˊ參ㄘㄢ加ㄐㄧㄚ塗ㄊㄨˊ油ㄧㄡˊ漆ㄑㄧ派ㄆㄞˋ對ㄉㄨㄟˋ！

很快的，房子裡塗滿了橘色、紅色、藍色和綠色。
到了下午，大家都需要去洗澡了。

那一天晚上，卡蘿到處找獅子，
但是已經沒有白色的牆壁、白色的天花板
或白色的門了。

外頭開始下起雪來， 很快的整座山丘變成白色的了。

卡蘿來到花園， 有東西吸引了她的目光。

是牠嗎？

「我以為再也見不到你了。」卡蘿哭著說。

「所有的獅子都喜歡待在戶外，」獅子說：
「而且，妳現在有其他朋友陪妳玩了，」

「可是，我會想念你。」

獅子笑著回答：「我也會想妳的。」
「不過，如果妳需要我，妳知道哪裡可以找到我嘖！」

卡蘿當然知道嘍。

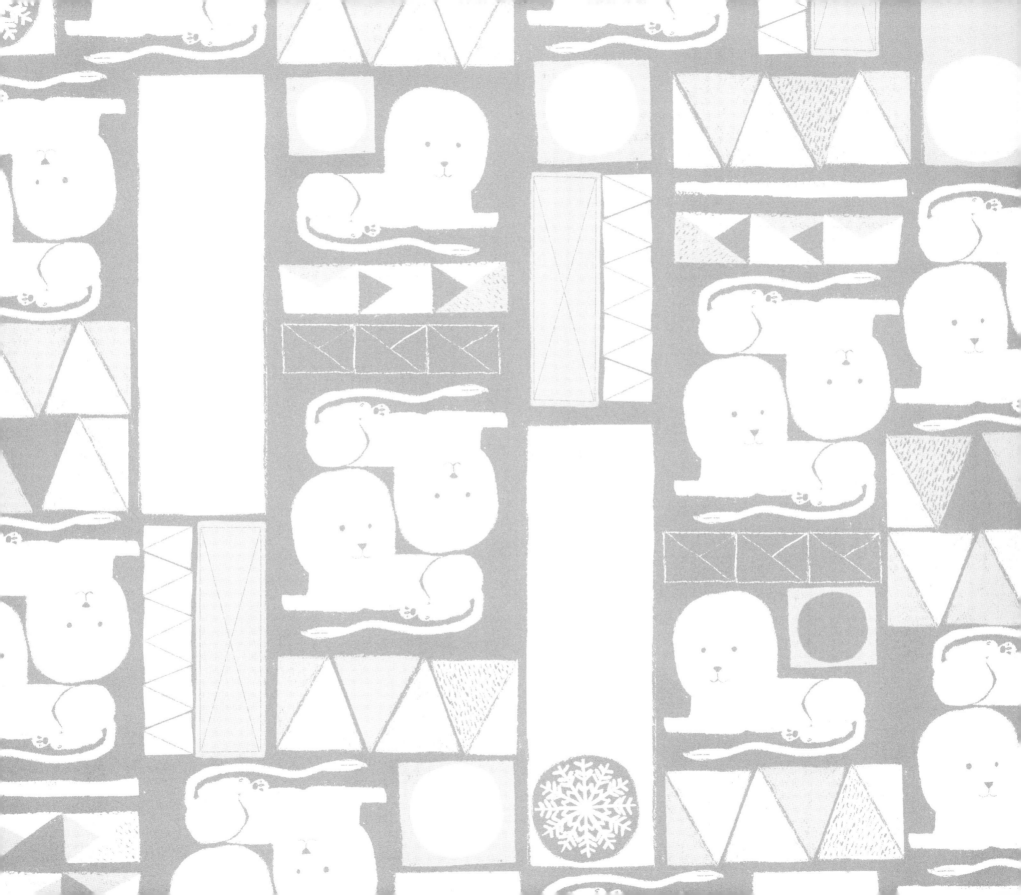